Rafi y Rosi

Lulu Delacre

Children's Book Press, *an imprint of* Lee & Low Books Inc.
New York

Para Arturo
con todo mi cariño

Text copyright © 2006 by Lulu Delacre • Illustrations copyright © 2004 by Lulu Delacre
All rights reserved. No part of this book may be reproduced, transmitted, or stored in
an information retrieval system in any form or by any means, electronic, mechanical,
photocopying, recording, or otherwise, without written permission from the publisher.
Children's Books Press, an imprint of LEE & LOW BOOKS Inc.,
95 Madison Avenue, New York, NY 10016, leeandlow.com
Originally published by HarperCollins Children's Books

Cover design by Maria Mercado and Christy Hale
Book production by The Kids at Our House
The text is set in Times Regular
Manufactured in China by Imago, June 2017
Printed on paper from responsible sources
10 9 8 7 6 5 4 3
First Children's Book Press edition, 2016
Library of Congress Cataloging-in-Publication Data
Names: Delacre, Lulu, author illustrator.
Title: Rafi y Rosi / Lulu Delacre.
Other titles: Rafi and Rosi. Spanish
Description: First Children's Book Press edition. | New York : Children's
Book Press, an imprint of Lee & Low Books Inc, 2016. | "2004 | Series: Zambúllete
en la lectura | Originally published in English by Rayo in 2004. | Summary: "Two
tree frogs, mischievous Rafi and his younger sister Rosi, learn about the plants and
animals of Puerto Rico together. Includes additional factual information and
activities about the topics covered in the story"— Provided by publisher.
Identifiers: LCCN 2015032063 | ISBN 9780892393787 (paperback)
Subjects: | CYAC: Tree frogs—Fiction. | Frogs—Fiction. | Brothers and
sisters—Fiction. | Natural history—Puerto Rico—Fiction. | Puerto
Rico—Fiction. | Spanish language materials.
Classification: LCC PZ73 .D434 2016 | DDC [E]—dc23
LC record available at http://lccn.loc.gov/2015032063

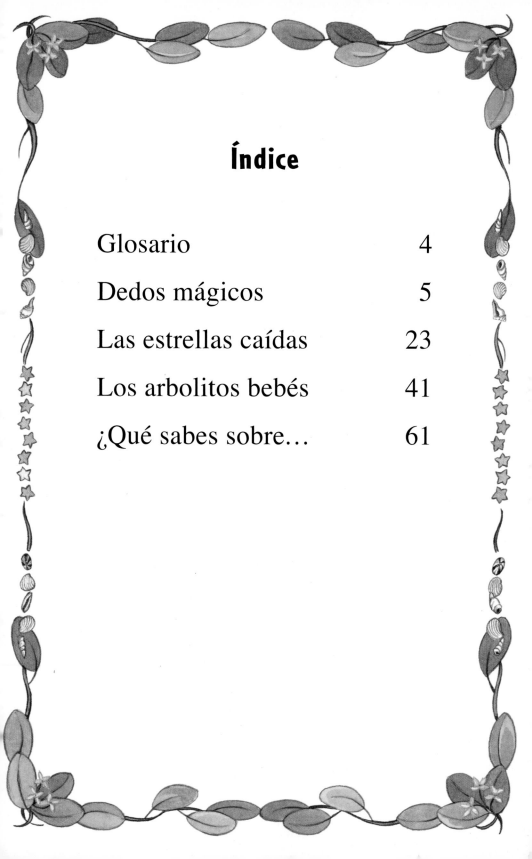

Índice

Glosario

algas: Seres vivientes que se asemejan a las plantas y carecen de raíces, tallos y hojas. Viven en el agua y su tamaño varía de microscópico a 30 pies de largo o más.

bahía de La Parguera: Cuerpo de agua a las orillas de la villa pesquera La Parguera en el pueblo de Lajas. Lajas está en la costa sur de Puerto Rico.

cobito: En Puerto Rico, pequeño cangrejo ermitaño.

coquí: Ranita común en Puerto Rico, cuya canción suena como su nombre.

manglar: Conjunto de mangles.

mangle: Árbol tropical que vive entre el mar y la tierra en áreas que se inundan frecuentemente por la marea.

pamela: Sombrero de paja bajo de copa y ancho de alas que usan las mujeres.

piragua: En Puerto Rico, un cono de hielo picado edulzado con siropes de frutas tales como coco, frambuesa, fresa y tamarindo.

piragüero: En Puerto Rico, vendedor de piraguas.

vellón: En Puerto Rico, la moneda de cinco centavos de dólar.

Dedos mágicos

—¡A vellón el truco!

—gritó Rafi Coquí—.

¡A vellón el truco!

Rosi miró a su hermano mayor.

—¿Qué haces? —le preguntó.

—Tengo dedos mágicos

—contestó Rafi—.

Puedo convertir la arena gris

en arena blanca y negra.

—¡Enséñame! —suplicó Rosi.

Rafi llenó su pala de arena gris

y la volcó dentro de una tapa de cartón.

Tomó la tapa con una mano

y colocó la otra mano debajo de ella.

Luego deslizó la mano lentamente

de un lado a otro bajo la tapa.

Rosi observó cómo la arena negra

se separaba de la blanca.

Ahora había dos pilitas de arena.

—¡Increíble! —exclamó Rosi—.
¿Cómo hiciste eso?

—Ya te lo dije —contestó Rafi—.
Tengo dedos mágicos.

—¿Puedo yo también
tener dedos mágicos?
—preguntó Rosi.

—Más tarde —dijo Rafi—.

Primero búscame clientes para que

podamos comprar una piragua.

—¡A vellón el truco!

—gritó Rosi—.

¡A vellón el truco!

Otras ranitas se acercaron.

—Mi hermano tiene dedos mágicos

—dijo Rosi orgullosa—.

Enséñales, Rafi.

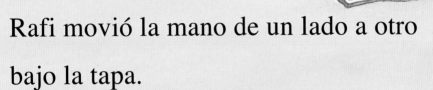

Rafi movió la mano de un lado a otro

bajo la tapa.

Una vez más, convirtió la arena

gris en arena blanca

y negra.

—¡Qué buen truco! —dijeron todos.

Los vellones llenaban

la pamela de Rosi.

Entonces se acercó Pepe.

Pepe era una rana peleona.

—Eso no es magia —dijo.

—¡Claro que sí! —dijo Rosi—.

De veras tiene dedos mágicos.

¡Mira!

Rafi hizo su truco, pero esta vez,

no lo hizo tan rápido.

Con un gesto veloz,

Pepe le arrancó

la tapa de las manos.

—¡Ay, caramba! —gritó Rafi.

—¡Lo sabía! —exclamó Pepe.

Un grueso imán cayó en la arena.

Rosi lo recogió.

Estaba cubierto de cositas negras.

—¿Qué es esto? —preguntó ella.

—¡Ja! —dijo Pepe—. Eso es un imán
cubierto de polvo de hierro.

Pepe se fue satisfecho.

—¿Un imán? —preguntó Rosi—.
Pero ¿y la magia?

Rosi se echó a llorar.

Rafi miró su imán.

Luego miró a su hermanita.

No había querido defraudarla.

Sacó un pañito rojo y

limpió su herramienta mágica.

—Es una clase de magia

—dijo él.

—¿Cómo? —preguntó Rosi.

Rafi le explicó

que el imán atrae los metales

como el hierro y

separa las partículas de hierro

de la arena blanca.

—Ya veo —dijo Rosi—.

Es como si fuera magia…

¿Puedo yo tener dedos mágicos ahora?

—Ahorita —dijo Rafi—,

después de la piragua.

Hacía un calor pegajoso.

Rafi cogió la pamela de Rosi

y contó las monedas.

Alcanzaban justo

para dos piraguas.

Corrieron hacia el piragüero.

Rafi compró dos piraguas de coco.

Estaban dulces y frías.

Después de que ambos lamieron
hasta los cucuruchos de papel,
Rafi sacó su imán.

—Toma —le dijo a Rosi—.
Ahora voy a enseñarte cómo tú
también puedes tener dedos
mágicos.

Y así lo hizo.

Las estrellas caídas

—¡Lo hice! —dijo Rafi—.

Tumbé un mango

con mi nuevo arco y flecha.

Rafi miró a su hermana.

Rosi ensartaba florcitas rojas y

tarareaba una canción.

—¿Quieres el mango grandote

de allá arriba? —le preguntó

Rafi—. Seguro que

te lo puedo conseguir.

Rosi siguió tarareando.

—¡ROSI! —gritó Rafi.

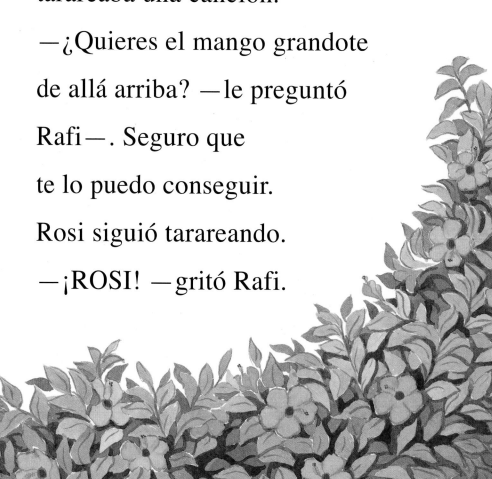

Rosi terminó la corona de flores
y se la colocó en la cabeza
con mucho cuidado.
Luego, se fue dando saltitos
a recoger más flores.

El sol se ponía.

Rafi y Rosi iban a acampar

junto a la bahía

de La Parguera.

Ésta era la primera vez que Rosi

visitaba la bahía fosforescente.

En noches nubladas,

eran muchos los que la visitaban.

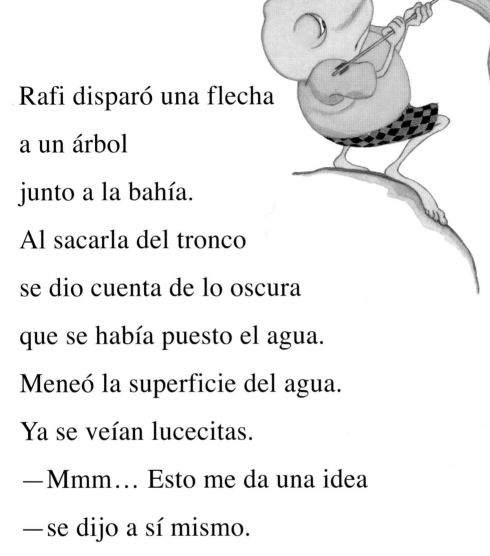

Rafi disparó una flecha

a un árbol

junto a la bahía.

Al sacarla del tronco

se dio cuenta de lo oscura

que se había puesto el agua.

Meneó la superficie del agua.

Ya se veían lucecitas.

—Mmm… Esto me da una idea

—se dijo a sí mismo.

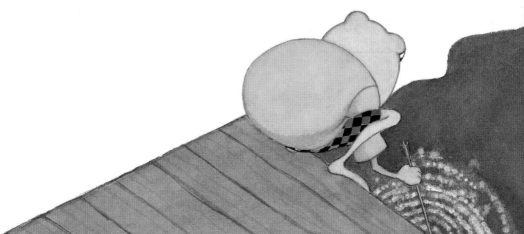

Rafi se viró y le dijo a Rosi:

—¡Soy un arquero excelente!

Apuesto a que esta noche

tumbo todas las estrellas a flechazos.

Rosi dejó de tararear.

Miró a su hermano.

—Tú no puedes hacer eso —dijo.

—Sí, sí que puedo

—Rafi replicó—.

Ya verás.

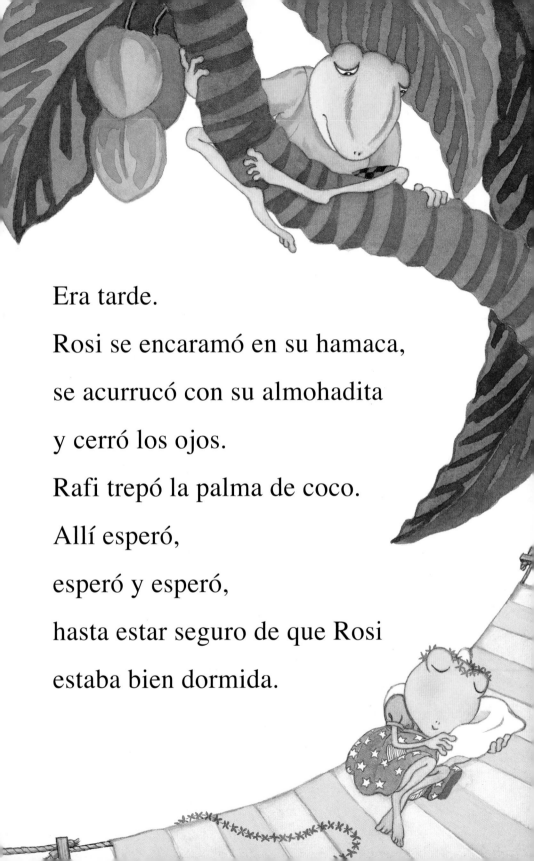

Era tarde.

Rosi se encaramó en su hamaca,

se acurrucó con su almohadita

y cerró los ojos.

Rafi trepó la palma de coco.

Allí esperó,

esperó y esperó,

hasta estar seguro de que Rosi

estaba bien dormida.

Entonces, Rafi se bajó de la palma

y brincó hasta la orilla del agua.

El cielo estaba totalmente negro.

No se veía la luna. Ya era hora.

—¡Rosi, Rosi, despierta! —llamó

Rafi—. ¡Lo hice!

Disparé una flecha al cielo

y cientos de estrellas

cayeron en la bahía. Ven, ¡mira!

—¿Hiciste qué? —preguntó Rosi.

Rafi tomó a Rosi de la mano

y la llevó hasta la orilla del agua.

Agitó el agua color tinta

con la punta de su flecha.

Las ondas de agua destellaron.

—¡Increíble! —dijo Rosi—.

¿Son estrellas de verdad?

—Por supuesto —dijo Rafi—.

¿Qué más podrían ser? ¡Mira!

Ya no hay estrellas en el cielo.

Rosi tomó una piedra

y la tiró al agua salada.

El agua cobró vida y brotaron

aros de estrellas.

—¡Eres maravilloso, Rafi! —dijo Rosi.

—Yo sé —dijo Rafi.

De pronto

Rafi escuchó un ruido cerca de ellos.

Era el sonido de una lancha de motor.

Rafi se paró frente a Rosi

y la tomó de los brazos.

—¡Vamos! —le dijo—.

Nos tenemos que ir a dormir.

Rosi se quedó inmóvil.

—¡No! —contestó—. Yo quiero jugar

con las estrellas.

Al detenerse la lancha,

Rafi y Rosi oyeron a alguien que decía:

—En el agua de la bahía

hay algas diminutas.

Cuando se los estorban,

estos seres vivientes dan una luz

que hace resplandecer el agua.

—¿Algas diminutas… —preguntó

Rosi—… que dan luz?

—¡Rafi! —gritó Rosi.

Agarró a su hermano

por la camiseta

y con toda su fuerza

lo empujó

al agua color tinta.

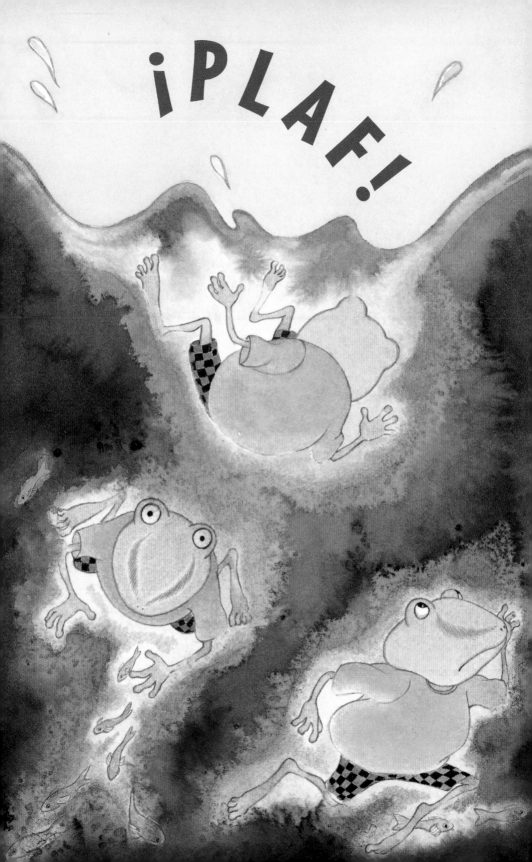

Rafi se volteó boca arriba.

El agua destellante lo rodeaba.

Rafi sonreía.

—¡Chévere! —gritó—. ¡Es divertido!

Puedes hacer ángeles de agua.

Rosi miró a su hermano.

Estaba embelesada con lo que veía.

De pronto, ya no estaba enojada.

A lo mejor ella podría hacer

su propio ángel de agua luminosa

junto al de Rafi.

Probó el agua

con la punta del pie, y...

se zambulló en la bahía fosforescente.

Los arbolitos bebés

Rafi estuvo de guardia durante días.

Sabía que su cobito

cambiaría de concha

en cualquier momento.

No quería perdérselo.

—¡Rafi, Rafi! —llamó Rosi.

Rosi encontró a su hermano

observando al cobito gordo

que había hallado en el manglar.

—¡Ayúdame a conseguir

un arbolito bebé! —suplicó Rosi—.

Lo necesito para mi maceta.

—Ahorita —dijo Rafi—. Primero

busca el árbol más pequeño que veas.

Rosi recorrió el manglar
hasta que encontró
un arbolito bebé.
Excavó a su alrededor,
tiró y haló,
pero no pudo sacarlo
fuera de la tierra.

Decidió regresar donde Rafi.

Él ordenaba las conchas vacías

dentro del tanque de su mascota

con un largo palo.

—¡Rafi, Rafi! —dijo Rosi—. Encontré

el arbolito más pequeño del manglar.

Ahora ayúdame, por favor.

Rafi miró a Rosi.

Luego miró la maceta que cargaba ella

y a su propio cobito.

Soltó un gran suspiro.

—Bueno, te ayudaré —dijo,

y apoyó el palo

sobre los bordes del tanque.

—Pero vamos deprisa.

Estoy seguro de que mi cobito

va a cambiar de concha

en cualquier momento.

Ya en el manglar, Rosi

llevó a Rafi hasta su hallazgo.

—¡Aquí está! —exclamó ella.

—¡Ese no es el árbol más

pequeño! —dijo Rafi—.

Los arbolitos bebés se

encuentran fuera de la tierra.

—¿Cómo así? —preguntó Rosi.

Rafi se fue dando brincos en busca
del mangle que quería mostrarle a Rosi.

—¡Mira! —llamó él.

Rosi vio una cosa rara
que guindaba bajo un puñado
de flores amarillas.

—¡Eso no es un árbol! —dijo Rosi.

—Es un retoño —dijo Rafi—. ¿Ves?

Rafi le mostró a Rosi

que la semilla del mangle rojo

crece pegada al árbol

hasta que está lista para caerse.

—Yo no sabía eso —dijo Rosi.

—Pero yo sí —dijo Rafi sonriendo.

Rafi desprendió el retoño

y se lo dio a su hermanita.

—Ahora tengo que volver antes de que

mi cobito se mude de concha.

Cuando Rafi llegó al tanque

notó que había algo mal.

Su cobito no estaba adentro.

Entonces vio que el palo

que había estado usando

se había caído dentro del tanque,

dándole al cobito

una forma de salir.

—¡Ay bendito! —gritó Rafi—.
¡Se me escapó mi cobito!

Rafi se tiró al suelo.

—Y yo que esperé tanto tiempo.
Suspiró.

Rosi corrió donde su hermano.

—Yo te ayudaré —dijo ella.

—De nada vale —contestó Rafi—.

Mi cobito podría estar en cualquier sitio.

—Espera —dijo Rosi—.

Trataré de encontrarlo.

Rosi buscó a su alrededor.

Levantó palitos pequeños

y hojas grandes,

piedras pesadas y ramas livianas.

Rafi seguía todos los movimientos

de Rosi con el rabo del ojo.

De pronto, Rosi halló

unas huellas diminutas.

Éstas la llevaron

hasta un coco roto.

Se fijó debajo del coco.

—Creo que está aquí —dijo.

—¿De veras? —dijo Rafi—.

¡Atrapémoslo!

Dio un brinco y recogió el coco

con una mano, mientras lo tapaba

con la gorra en la otra mano.

—¡Lo cogiste!

—dijo Rosi.

Finalmente

Rafi colocó el coco roto

dentro del tanque.

Rafi y Rosi observaron y observaron,

hasta que, poco a poco,

el cobito empezó a arrastrarse

fuera del coco.

—¡Ahí está! —dijo Rafi.

—¡Mira, Rosi, MIRA!

Rafi y Rosi vieron que

el cobito comenzaba a salir

de la concha más pequeña.

Se detuvo por un instante

y se metió dentro

de un caracol más grande,

en el cual se acomodó.

El cobito había cambiado de concha
tal como Rafi sabía que lo haría.

—¡Fantástico! —dijo Rafi.

Entonces miró a su hermanita.

—Y tú lo encontraste justo a tiempo.

¿Qué sabes sobre...

...el coquí?

Esta ranita arbórea, querido símbolo de Puerto
Rico, se encuentra tanto en las montañas como
en la costa. Generalmente, no mide más de una
pulgada y media. El coquí común puede ser color
crema, castaño gris y hasta castaño rojizo. La
mayoría de los coquíes tienen diseños en la piel.

El nombre de la ranita se debe a su cantar. Tan
pronto como se pone el sol en la isla tropical, los
machos les llevan serenata a las hembras con
su CO-QUÍ, CO-QUÍ, CO-QUÍ hasta el amanecer.
La canción del coquí es una de las primeras cosas
que los puertorriqueños extrañan cuando emigran.

...la arena, el hierro y los imanes?

Si caminas en las playas de Puerto Rico, notarás
que la arena tiene áreas grises. Estas áreas
contienen depósitos de hierro traídos por la
marea. Una manera de separar las partículas de
hierro de las otras partículas minerales en la
arena es con la ayuda de un imán, ya que el
hierro es un metal magnético.

Un imán atrae metales como el hierro. Al
colocar arena gris dentro de la tapa de una caja
de zapatos y al mover un imán grande bajo la
misma, puedes separar las partículas de hierro del
resto de la arena.

…la bahía bioluminiscente de La Parguera?

Cuando los seres vivos producen luz, se los llama
bioluminiscentes. La bahía de La Parguera, ubicada
en la costa sur de Puerto Rico, es uno de los pocos
lugares del mundo donde siempre se puede
observar bioluminiscencia en la superficie del agua.
El mejor momento para verla es durante las noches
sin luna. El movimiento agita un alga especial que
habita el agua de la bahía y la induce a generar
una luz verde azulada. Cuando millones de estas
algas diminutas brillan simultáneamente, el mar
estalla en fulgores espectaculares. Dicen que
bañarse en el agua de La Parguera en una noche
sin luna es como nadar entre las estrellas.

…el mangle?

Un mangle es un árbol tropical que vive entre
el mar y la tierra en áreas que se inundan
frecuentemente por la marea. A una comunidad
de estos árboles se la llama manglar. Estos árboles
proveen refugio y alimento a cientos de animales
como los peces, los cangrejos, los insectos y
los pájaros.

El mangle tiene una manera interesante de
reproducirse. Su semilla no se desprende de las
planta al fertilizarse, sino que comienza a echar
tallo y raíz cuando todavía está adherida a la
planta madre. Estos retoños pueden crecer

adheridos al mangle por un período de hasta tres años antes de desprenderse y caer en el agua en busca de un buen terreno donde anclarse.

Hay varios tipos de mangle en la costa de Puerto Rico. El Mangle Colorado es el que crece más cerca del mar. Se destaca por su corteza rojiza y sus raíces aéreas que le brindan un buen sostén para mantenerse erecto cuando lo azota el mar y el viento.

...los *cobitos*, o cangrejos ermitaños?

La mayor parte de los cangrejos están cubiertos por un caparazón, pero no el cangrejo ermitaño. El abdomen de este cangrejo es muy blando. Por eso se alberga en conchas vacías de caracoles marinos para protegerse. Sus dos pares de patas traseras son mucho más pequeñas que las otras, permitiéndole caber bien dentro de una concha. Cuando un cangrejo ermitaño se siente amenazado, se retrae dentro de su concha y protege la entrada con su gran pinza delantera.

Una vez que le queda pequeña su concha, el cangrejo usa sus antenas para ubicar otra concha más grande. Cuando la encuentra, sale de su antiguo albergue para mudarse a su nuevo hogar.

En Puerto Rico, los cangrejos se encuentran en las playas, en los arrecifes y en el manglar.